U0107827

鲁迅美术学院 素描·现象 I

从找形到造型

FROM SEARCHING FOR
THE SHAPE TO
MODELING THE SHAPE

主编 刘仁杰
编著 于艾君

吉林美术出版社

序 言
PREFACE

素描是古老的，又是现代的。这一观念在当今美术学院的造型基础教学中得到充分体现，形成了中国艺术教育特有的一片生态。

素描学习的目的是最终能够以个体生命形态的独特体验，采取创造性的表现方式，传达出个人对现实世界的感悟。可以这样认为：艺术上的绝大多数问题都需要在素描中解决，素描不成熟，艺术就很难成熟。因此，素描的重要性不言而喻。

我们的传统基础教学是以传授“再现性”的写实绘画技能知识为唯一目的。随着社会的发展进步，艺术观念的不断更新，在当代艺术多元发展的背景下，融合于传统与现代的教学模式便成为必然。近十年来，油画系的素描教学已将学生知识结构优化放在重要的位置。在传统艺术与现代艺术知识并重传授的前提下，突出创造能力的培养，主张学生积极的视觉思维和探索，强化视知觉能力与表现能力的训练；鼓励学生用自己的头脑思考，用自己的语言说话，逐步使学生的绘画技能与创造能力之间的关系处于相互支持、相互融通的状态。

这套丛书所选择的学生作品出自油画系三个工作室的不同年级，作品呈现出素描教学的开放性与艺术手法的多样性，基本上展现了油画系基础教学的面貌。《教师素描作品精读》选取了油画系部分在职教师的素描作品，以求呈现其素描实践的某种线索。于艾君老师在创作的同时，致力于素描的实践与研究。他为这套书的编写倾注了大量心血，其意在通过交流，提高我们的教学水平。

鲁迅美术学院油画系主任 教授

刘仁杰

2008年7月

油画系主任、第一工作室主任导师刘仁杰素描教学现场

从找形到造型

FROM SEARCHING FOR THE SHAPE TO MODELING THE SHAPE

从找形到造型，意味着从被动描摹的寻找状态过渡或转换到主动造型的研究表达状态，是从咿呀学语到遣词造句。“找形”的意思就是发现并可能落实客观物象中有助于形成画面信息的部分，是一个对形象基本的写形状物能力的实现过程，有摸索的意思。因为，用素描的基本要素(比如线条、色调、肌理等)和基本知识技能（比如比例感、结构知识等）去形象化所见的物象需要一个从眼到到手到的过程。形象的各种视觉信息的无限和复杂性相对于有限的画面是一对儿矛盾，前者往往会干扰作画者对形象的撷取与表达。我们通常所说的习作，其过程就是一个去芜存真的、对茫然纷杂的表象信息进行整理并渐渐以明确的塑造方式表达出来的过程，这个过程需要调动作画者的理性分析能力和视觉感知能力。此阶段需要解决对形象的基本比例、造型尺度、体态特征等的观察和准确表达。这也是写生的最初目的所在。

林楠作品

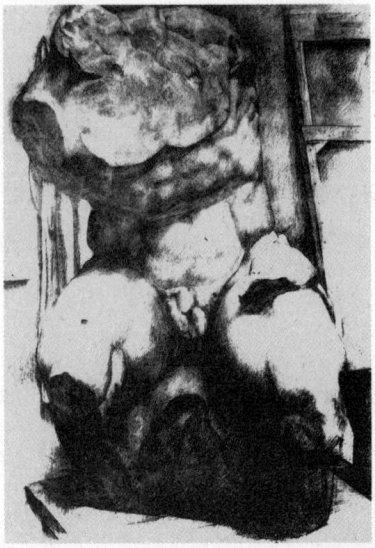

需要特别说明的一点是，在低年级的基础训练阶段，我们尤其提倡作者能以谦和朴素的笔调去再现物象的这种客观实在性，不提倡使用复杂的作画工具，不玩儿花架子，不空谈“表现”和“才气”，不求所谓的风格，老老实实、勤勤恳恳，以求最大可能地体现再现意义上的准确或精确。不得不重复一下，在这里我们所说的准确，指的是被素描所呈现的客观物象与“现实原本”的忠实程度。要求习作能具有如下两个特征：科学性、形象性。也就是说，习作所揭示的客观物象的某种规定性与形象化的描绘二者能够有效结合，这也是写形状物类素描的最高标准。需要强调的是，在写生过程中，由于认知程度所导致的反复性往往会使作业体现出的脏、乱、灰等所谓的毛病，我们认为这些都不是缺点，它们有时候反而体现出了作者不计效果的投入的研究状态，难能可贵。只要对象的基本造型特征和细节因素在作业中得到了合理恰当的表现和揭示，作业就是有意义的。

白一兵作品

写实性写生的操作与整体观

写生中，许多时候我们不是要“超然”于对象，而是没有做到以真诚的心态贯穿于与对象交流的始终、以“触摸”的方式显影对对象的感觉。基础素描训练为掌握自然规律，锻炼、深化对造型的感觉，用触摸般的、雕塑般的状态去发现对象是非常必要的，但了解解剖不一定就能入木三分地揭示对象。在我们的表述中，“触摸”的意思首先指的是对事物独辟蹊径地进入。惯性的观察和不加思索的描绘不可能赋予对象以深刻。触摸，从小处说，是指在素描习作中以入微的观察，雕塑般的眼手合一去表达主观中的客观物象，也就是王华祥曾提到的去抚摸“存在”的实体，在形象本身上做文章；从大处说，是以触摸般的真诚，通过看似简单的人物或静物等等的素描去成就一种观照事物、体察世界、表达自我的方式，或者在其中寻找并最终建立起一整套表达主观“心象”的语言系统，使之成为自然转换为画面的最“务实”的途径。我想再次引用贡布里希在《艺术发展史》中论及丢勒时说的，“（他）虽努力掌握描摹自然的熟练技能，但与其说那本身是他要达到的目标，倒不如说那是作为一条较好的途径，以便呈现出他要用绘画、雕刻和木版去图示的宗教故事中真实可信的景象。”

在对这种写实能力的训练上，我们需要明确的就是，必须抛开对物象先入为主的经验，“画看见的东西而不是画你知道的东西”。试着用线，以铅笔尖儿或偶尔使用侧锋，像织毛衣——而不是如大写意或修拉的素描那样，去画实在的形象和看起来虚而实质上由实的形象组成的调子，不要去“帅气”地或看似有“才气”地匆匆涂画所谓的感觉（感觉其实是很具体的真切的体验，绝非草草的浮光掠影）。所谓虚实只是我们对客观对象的先入之见，物象可以都是“实”的，也可以都是“虚”的，但必须把“实”画得有趣味，把“虚”的东西画得丰富、感觉具体，所谓以实拟虚，以虚藏实。自学

李野作品

成才的艺术家布雷沃在他的素描中以极端精确的写实笔触使静态画面获得了某种表现性，这种在限制中求自由和深刻的画风是对“自由素描”中某些以思想观念见长，而具体画面却“投入”不足这一现象的一种无声对抗和执拗反证。

整体观可以理解为任何一种合理的对画面各种形象或造型元素的秩序表现，可以局部入手，无视其他，看得透彻，着笔皆实，实而不死；可以用笔虚化，情真意切，虚而感觉确凿，用笔可以虚，有时甚至可以近似“无”，但形象感和画面气氛必须确凿可信。二者的前提都是观看得“客观”，并有以准确的用笔对物象的关系进行梳理的能力。

“利己主义”观察

观察意味着对客观物象的审视、辨析。当我们的眼睛在物象上停留，物象的细节情态总有一些特别的东西吸引或干扰着我们，想要面面俱到恰恰会背离对物象的有效反映，短期作业尤其强调这一点。事无巨细地照抄，原因就是没能从对象的客观性细节中过滤掉对画面意图无用的部分。整体——通过细节反映出来，或用“整体”来安排并检查细节的准确性。这几乎是一条关于素描写生的真理。无论具象还是抽象素描，细节在作品中从观察到呈现基本按照如下这个模式：被观察到的细节——通过具体的技艺使其转换为画面的细节——通过个性化的符号“艺术”地还原“普遍”的细节。就是说细节的个性化展示不仅仅是为了细节本身，而是在解读过程中成为还原被表达对象的某一种具体特质。

本能与直觉

平时我们总能发现一些学生，他们一出手感觉就非常好，对形象的把握天然而准确，尽管有时候在技术操作上和画面经验上词不达意，但他们的天赋已经足够让人欣喜。对于这样的学生，我们应当鼓励并赞赏他的感觉，顺着他们的良好直觉因材施教，让他们慢慢发现并控制好自己的才气，切不可按照惯常的教学模式让其画得那么正确周到。说

刘书薪作品

到这儿，我想说说高考判卷时的一己感受。笔者认为，只要智商正常，足够勤奋，通过一段时间的集训，把作业画得造型基本准确，明暗效果强烈，构图基本得当，是不难做到的。往往不自觉地忽略了某些效果比较“差”，所谓构图不很得当但造型感觉和画面气质非常动人的作业，我觉得尽管后者不是高分的主流，但可以把其作为“好”的一种方向。

“去技术”

“去技术”不是不需要技术或轻视技术，而是将技术降到一个低点。技术如果没有方向性便没有意义，所有的标准都是相对的，不同的标准体系需要不同的技术支持。教学中，笔者尤其不提倡那种为填充画面的、炫目的小花招、小伎俩，作业将因此缺少气度。这也是某些画得比较“笨”，但笔法朴实、形象厚实的作业之所以感人的原因。技巧只是形成画面、使画面产生艺术感染力的手段，不具有终极意义。只是在初学阶段的某些具体课题中，大家关注技巧更多一些。我们都知道凡·高那件临摹荷尔拜因的素描，凡·高虽然没能学到后者的技巧，但也画出了精彩的素描。这就看我们从哪个角度、哪个层面去看素描。技巧都是人尤其是前人或那些出色的艺术家积累起来的经验，依据这些经验可以直接达到所需要的画面效果而不必走那些盲目的弯路。所以，从这个意义上说，真正的技巧还需要在继承、了解既成经验的同时，去发现更个人化的、更有创造力的技巧，或者，将传统的、经验性的技巧别开生面地运用于自己的创作中。如此，技巧才可能成为你绘画语言的一部分。

闫舒作品

闫珩作品

陈树中作品

发现趣味点

所谓趣味点，也可以说是“焦点”，就是对物象最感兴趣的并意欲加以“聚焦”式表现的部分。如此，素描才可能产生“肖像”的特质。比如在肖像素描中，那种仅仅注意脸部刻画，而不赋予其他部分以可信服的处理的全身素描不能被称为素描艺术。手和脚、动态、衣饰，这些看起来似乎与人物形象没有什么必然关系的形象都是肖像的重要部分，都是“肖像”的表情。作品的完成与否不一定全都按照预先的构想，或画得多就是“充分”，应该使画面每一处都充满表情——或强或弱，或隐或显，或宁静或激烈，包括“微不足道”的细节和背景。

以人体素描为例浅说写生的基本原则

不犯常识性的错误

男人体与女人体之间、老人与青壮年人体之间的造型特征差异是必须首先被观察到的。这种差异要求我们在保持个人素描感觉的同时，必须采取贴切的描绘手法。观察的重要性先于描绘，比如男女之间肩宽和臀宽的区别，脖子的长短及其反映在具体描绘上笔触的感觉之别，肋骨架和骨盆之间的差异。一般说来，女性的腿部比上身稍短些，男性则与此相反；女性的肋骨架较尖突，而男性的较圆。只有观察到这些，才能有目的地下笔，而不是被动地、盲目地描摹表面效果。

构图上，人体素描必须得显示出身高与头部的比例感。而且，无论何种姿态，都需要对画面的安排事先有个大概的设计，是画全身还是局部，需要以怎样的描绘手段去实现画面效果，以及从这件人体素描中表达对对象怎样的感觉和认识。我们不提倡没有经验的作者以“推着画”的方式画人体，而不是首先考虑整个人体在画面上的取舍，结果，不是画不下所有你需要画的部分，就是画得过小。

在这个前提下，需要考虑好你的人体素描中头部形象与其他部分之间的关系。在描绘过程中，还需要注意的一点是，无论多么复杂的动势，都可以化繁为简，因为它们都呈现为四肢和躯体的相互关系。

人体是对称的，所以在观察时一定要同时照顾到对称的形状。在观察和表现轮廓线的变化、体积与形状、比例关系等时，都需要记住这样一个基本事实，不能只画一侧。而且，从接触人体素描开始，我们就必须对人体姿势和动态最微小的变动的对称表现出敏感，需不需要表现这种变化是另一回事，那是能动的处理上的问题，但我们必须观察到那些看来是偶然，实质上是人体处于特定姿势动态下的特定变化。以正面的站立姿势为例，左肩与颈部呈现一个特定角度，左肩与右肩也成一种特定的动势关系，如果模特儿站累了，颈部与左肩的角度有了些微妙的变化，这个时候，你必须同时考虑你的画面上的左肩、右肩、颈部三者关系与对象的契合程度。在符合整个身体动态感觉的前提下，你需要对模特儿能保持相对恒久的姿势作出反应和决定，是画处于相对稳定姿态下的人体，还是抓住那些变化中的、偶然的，却可能很有趣的姿态。

于艾君作品

动态的规律性

如果模特儿保持同一动作的时间较长，对人体重心、平衡性的观察和表现就需要尤其注意。当然，平躺着的和普通的坐姿是相对稳定的，人体素描的初学者可以多写生这样的姿势。有的时候，一件人体素描具体处理上很有意思，但是平衡问题没有解决好就显得很遗憾。例如，站姿中的人体，其体重均分于两个踝骨，你就需要找出颈窝与这两点之间相关的位置，当模特儿把重心移在一只脚踝上，颈窝恰好正对着踝骨。模特儿最好能在一段较长的时间内稳定一个姿势，画面出现重心不稳的情况往往是不注意到姿势的微妙变化，结果，改动了局部，却忽略了相对应的其他部分。尤其在人体素描写生中，眼睛一般不能只盯着局部不放。

观察要点

作画过程中，我们必须做到整体地建立画面中人体形象的动态、形状和比例关系。不管怎样，最终落实的画面形象需要体现这一点。

羊烈作品

解剖结构必定体现于外在形态、形状的变化。首先需要从轮廓上观察人体的这些变化，以提取能整体地表现人体规律的线条，在观察到那些细小变化的同时，将其纳入对大的结构、大的状态的描绘之中。前文说过，对称的人体需要对称地观察其相对应部分的变化。作画的时候，有些情况下，需要以雕塑般的视角去体察对象的体积各个部分之间的穿插、铆接关系，由此把对象从平面的空间中“拽”出来，除非你需要以平面化的笔触去“风格化”对象。

外在形状对于内在结构的体现

在素描尤其是人体素描中，仅仅知其然不够，更要知其所以然。人体表面的任何一个微小变化都与内在结构息息相关——光影的形状和走向、形体起伏的大小、凸起与凹处的丘形或漩涡状变化等等。应当使阅读你的人体素描的人感觉到，你通过对外在形状、形态的描绘揭示人体的内在，那是实实在在存在的人体，而不仅仅是一些符号、光影。要做到这点，不但需要客观地观察，还需要在对解剖和结构了然于心的同时将其以有效的方式表达出来。尤其大多数东方人，团块感、肌腱的形状和走向不如西方人那么鲜明，肌肉的走向蕴藏于平坦的外表，更需要深刻的对解剖结构的认识。

认识造型

前面说了这么多，那么，在素描作品中，什么是造型呢？可以这样说，造型就是一切有意味、有道理的，物象特征和情感指向鲜明的，主动寻求得来的抽象（只是抽象程度不同而已）痕迹，这种痕迹要么能唤起观者对物象的想象（如某些抽象或意象式素描），要么能提供出对象的情态和细节（如某些具象表现或具象写实素描），它因作画者的主动寻找和表现而得。

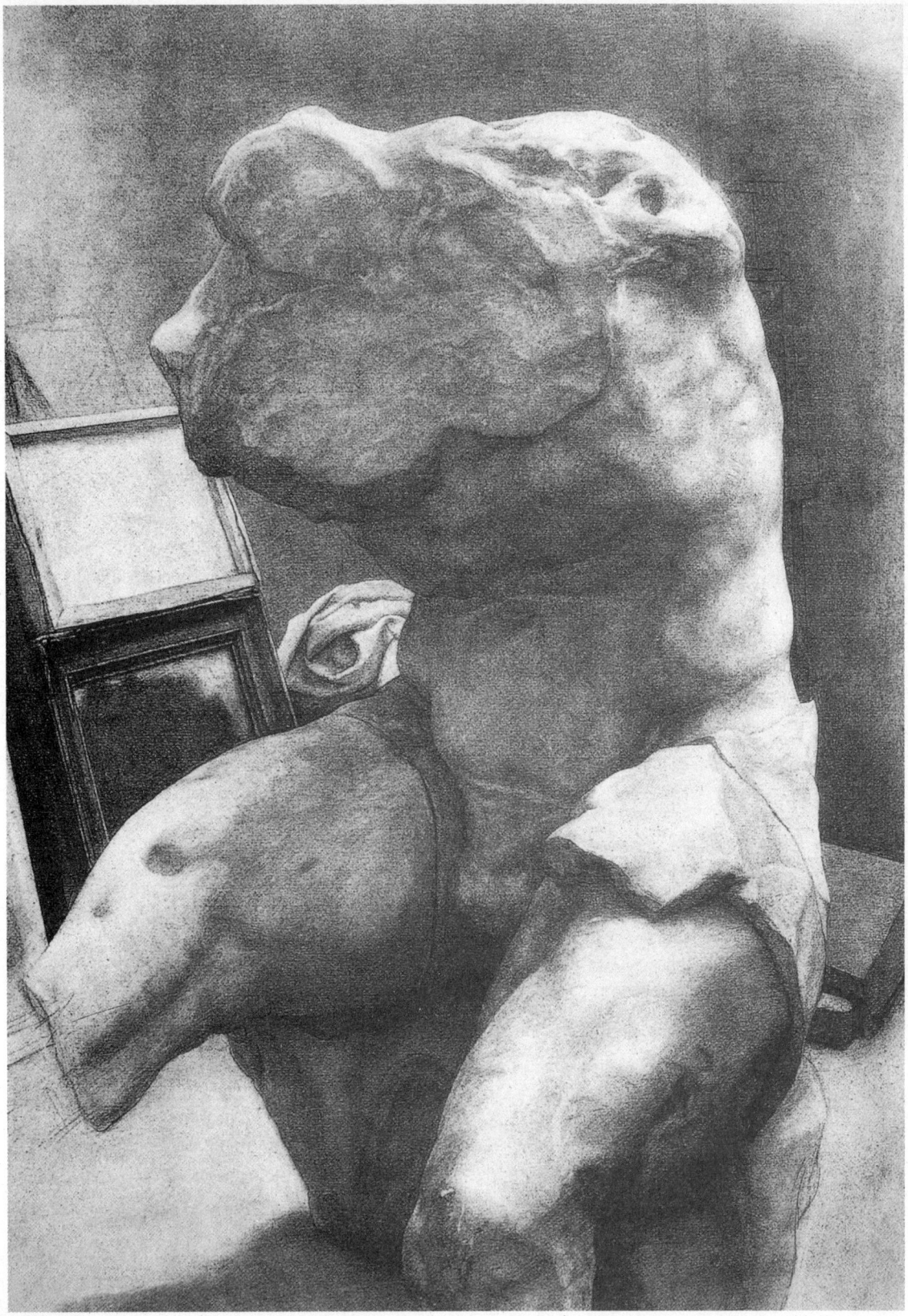

（右页左上）

此习作较好地呈现了《马赛曲老战士》雕像的精神状态和悲剧气氛，构图饱满充实，色调贴切，作品具有较强的戏剧性感染力。

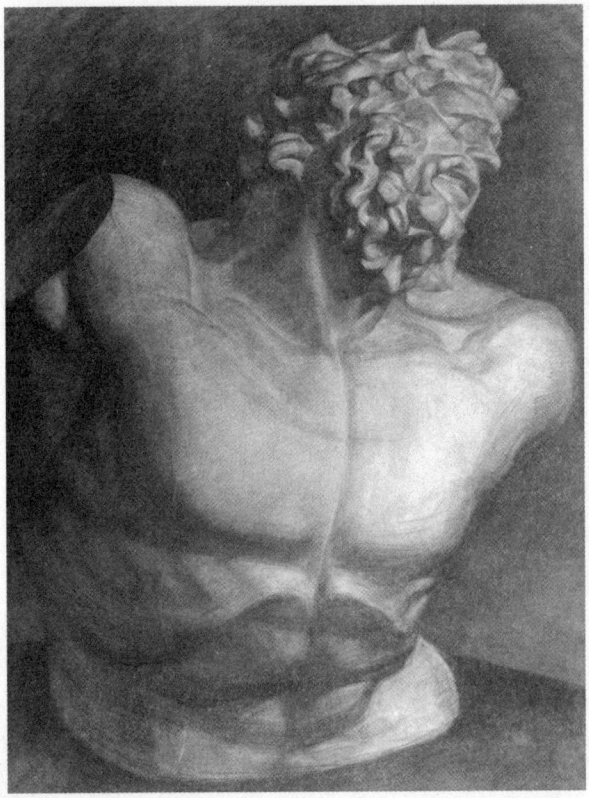

《摩西》是米开朗基罗的代表作，石膏像复制品基本保持了原作的造型风格。作者以富有情感的色调关系呈现了雕像的精神面貌和造型特征，虽然刻画稍显简单粗率，但对象的基本造型还算比较准确。

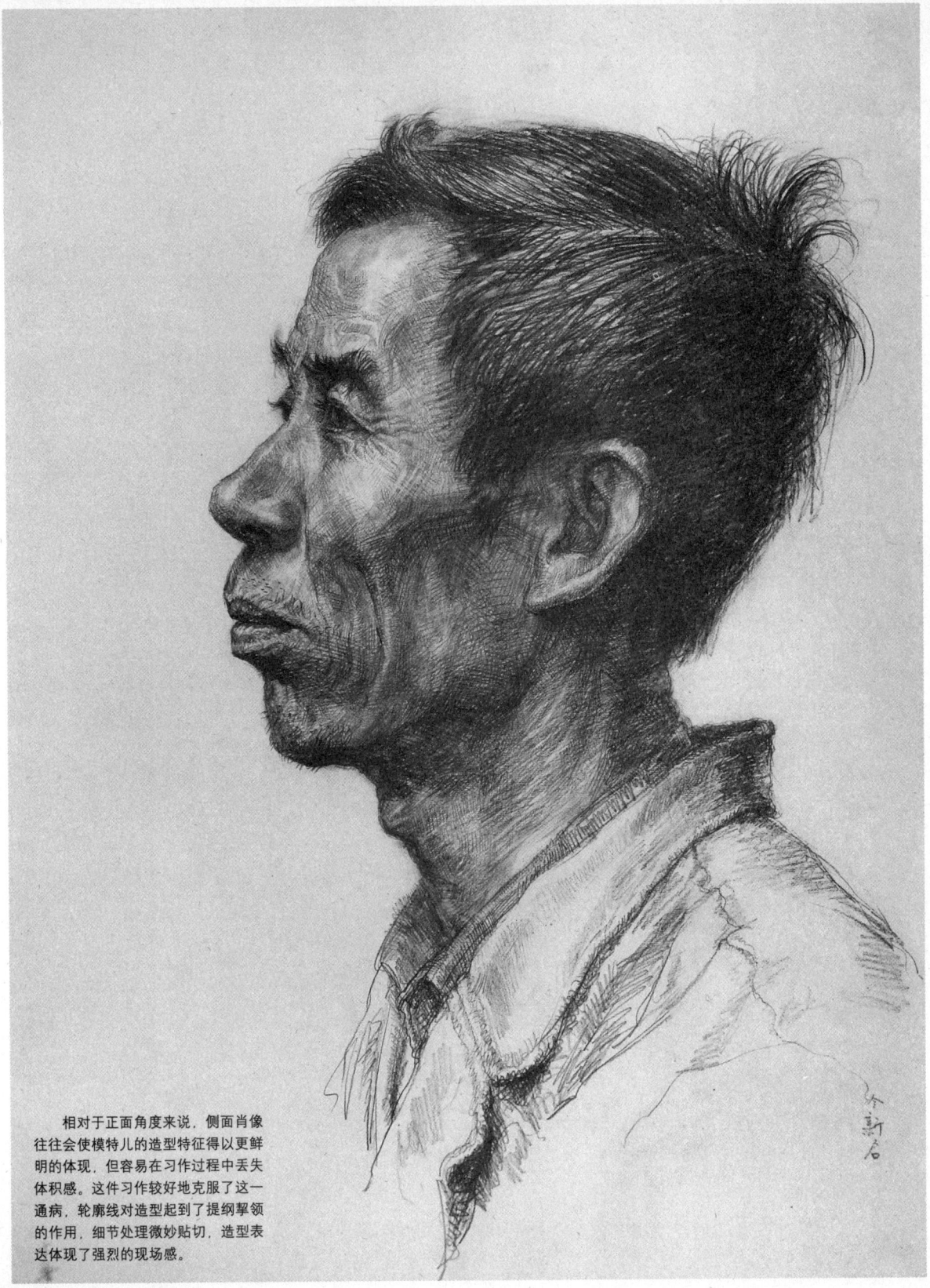

相对于正面角度来说，侧面肖像往往会使模特儿的造型特征得以更鲜明的体现，但容易在习作过程中丢失体积感。这件习作较好地克服了这一通病，轮廓线对造型起到了提纲挈领的作用，细节处理微妙贴切，造型表达体现了强烈的现场感。

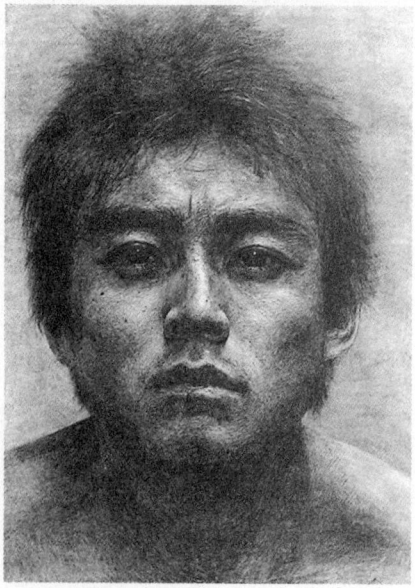

→

看来作者知道自己的表达需要，技巧因此也变得主动。肯定、果断的描绘使形象产生了一种可信服的力量。

LC.2006.10.20

→

模特儿有着神经质一般的表情，逆光又强化了人物的戏剧性。作者并没有强调光源的效果，而是利用光源的陌生性，以深刻的观察、得体的笔法去塑造形象。作业具有很强的艺术感染力。

对模特儿精神状态的准确捕捉是人像写生的一个难点。就是说，仅仅有常态的准确是不够的，作者必须有良好的造型直觉，发现造型趣味，并能通过恰当的技术将其体现出来。另外，此习作还通过非主体形象的细节描述，加之表现性的笔法，强化了作业的情节性因素，也烘托了人物的情绪特征。

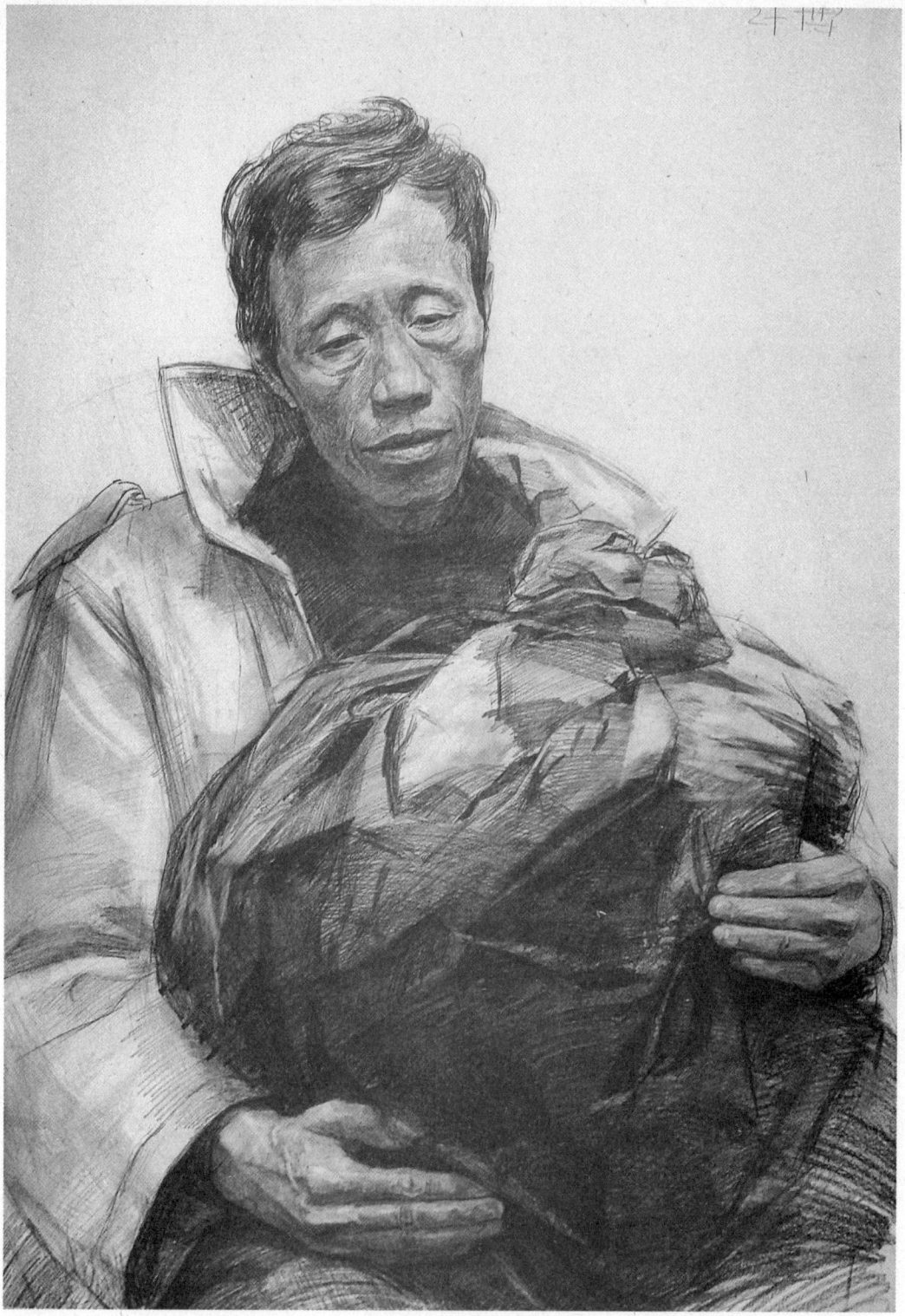

环抱塑料袋的中年男子的形象特征和情态在作业中得到了较准确的体现，构图结合模特儿动态特征而安排得比较舒服，笔法自然，无刻意雕琢之感。

李也壽
二〇〇六年十一月二十八日寫

这件作业画得很周正，观察入微，色调细腻，侧面像的造型特征甚至中年妇女的皮肤质感都表达得很真切，但身体部分画得略显简单。

→

光线性因素使造型获得了奇妙的整体性。人物造型比较贴切、自然，作者以主动的富有形式感的笔法剔除了某些琐碎细节，使造型富有整体感。

刘大新

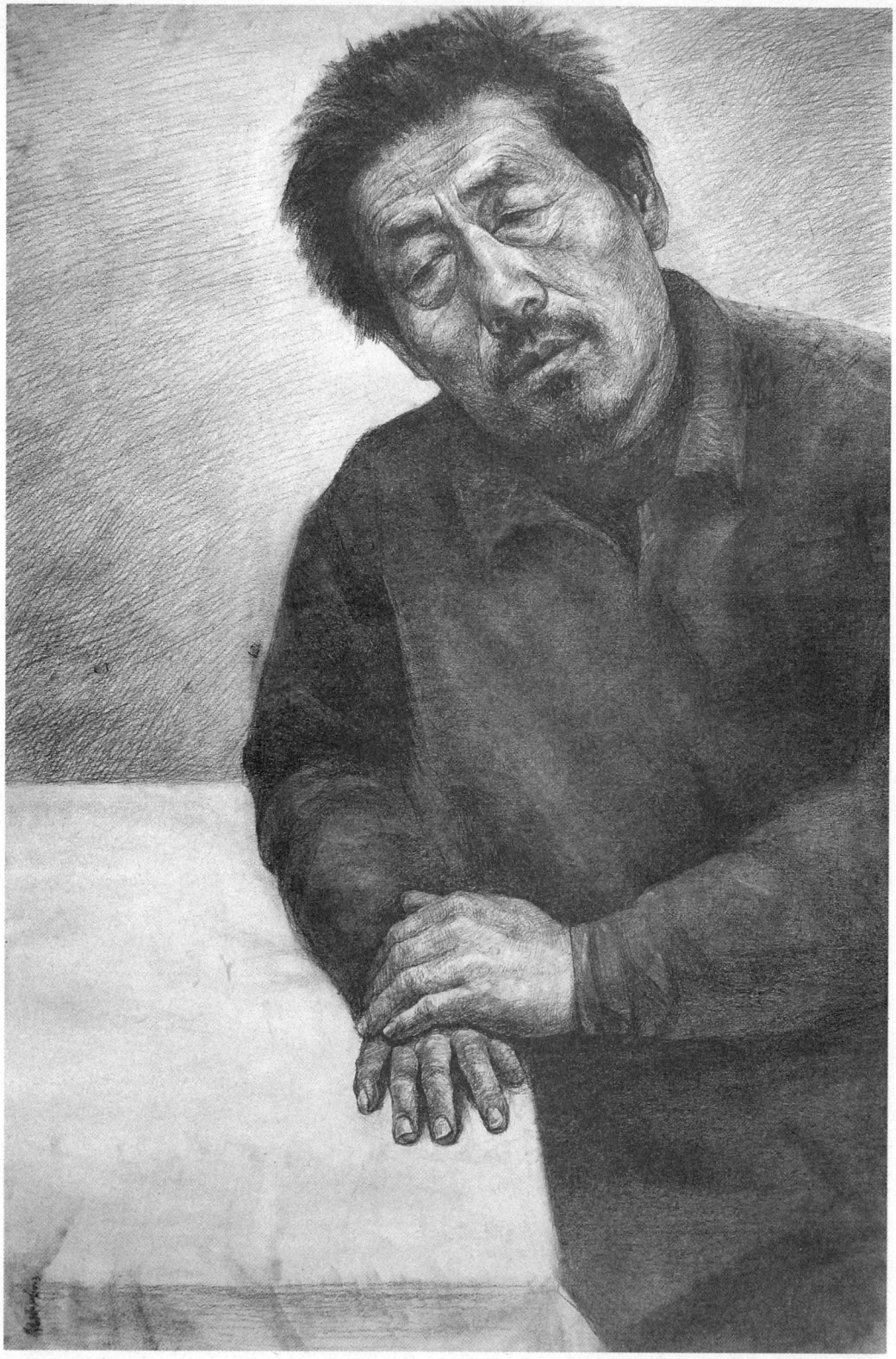

作者找到了为“我”所用的形或说形状，并以较为特别的构图方式和色调处理将它表达了出来。

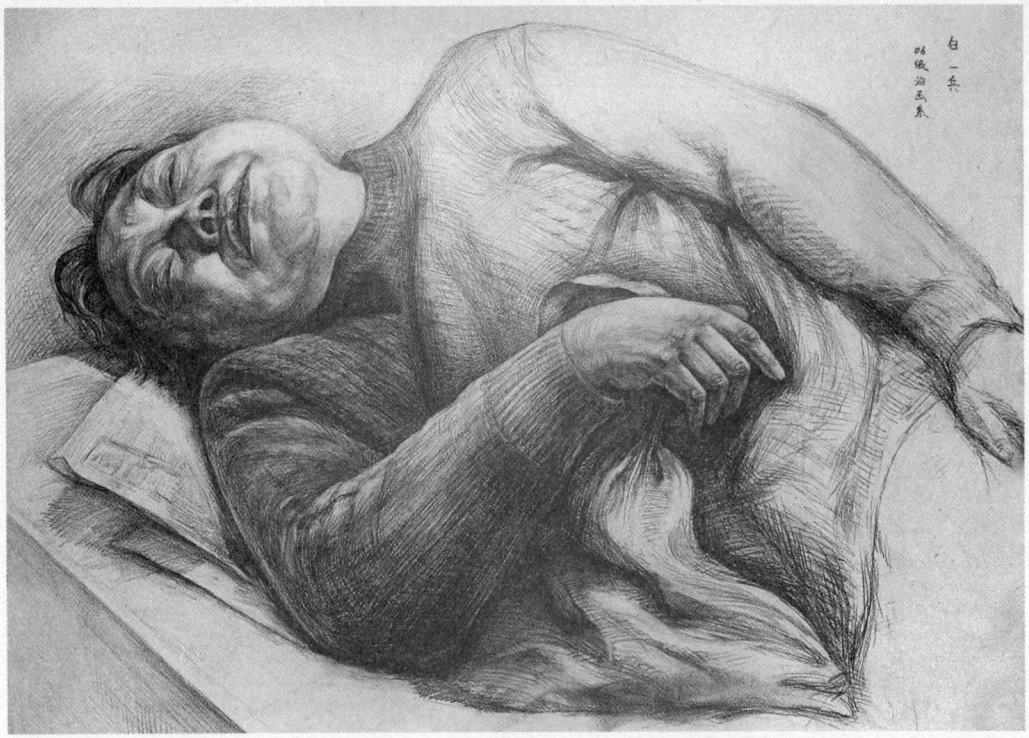

←

作者以果断、肯定的用笔捕捉到了处于强烈透视之中的女人像，包括她的表情和体态。而且，注意到了形状的表现力。不足之处是从左肩到手的空间体积特征交代得不是很准确，与整体画面语言似乎不很协调。

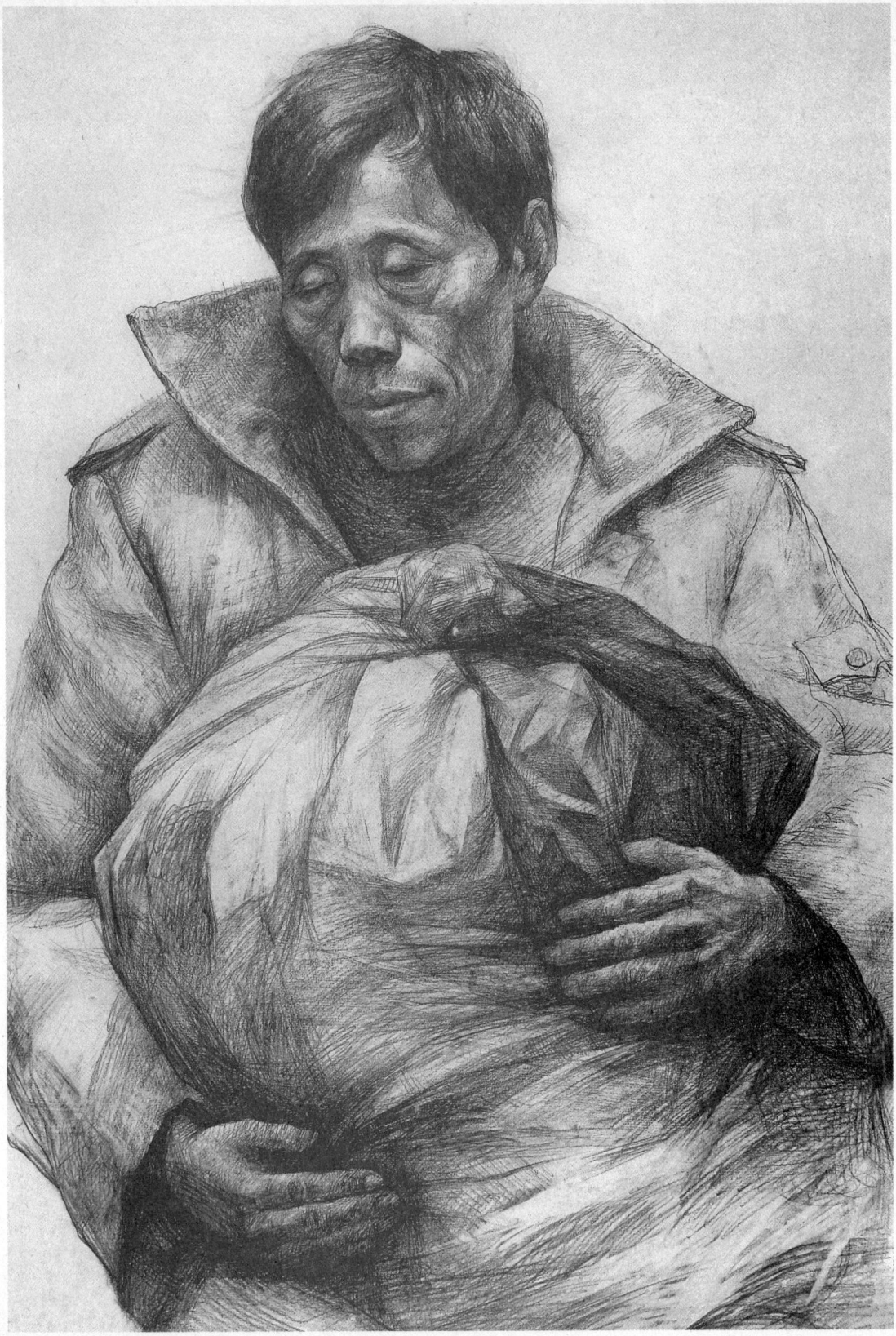

→

这件作业的笔法特征比较明显，对细节关注得似乎有点过分，但感觉并不多余。在绘画中，个性化的语言程式往往与作者平素的性情喜好有直接关系，如果因势利导、“扬短避长”，往往会成为作业个性中的积极因素。

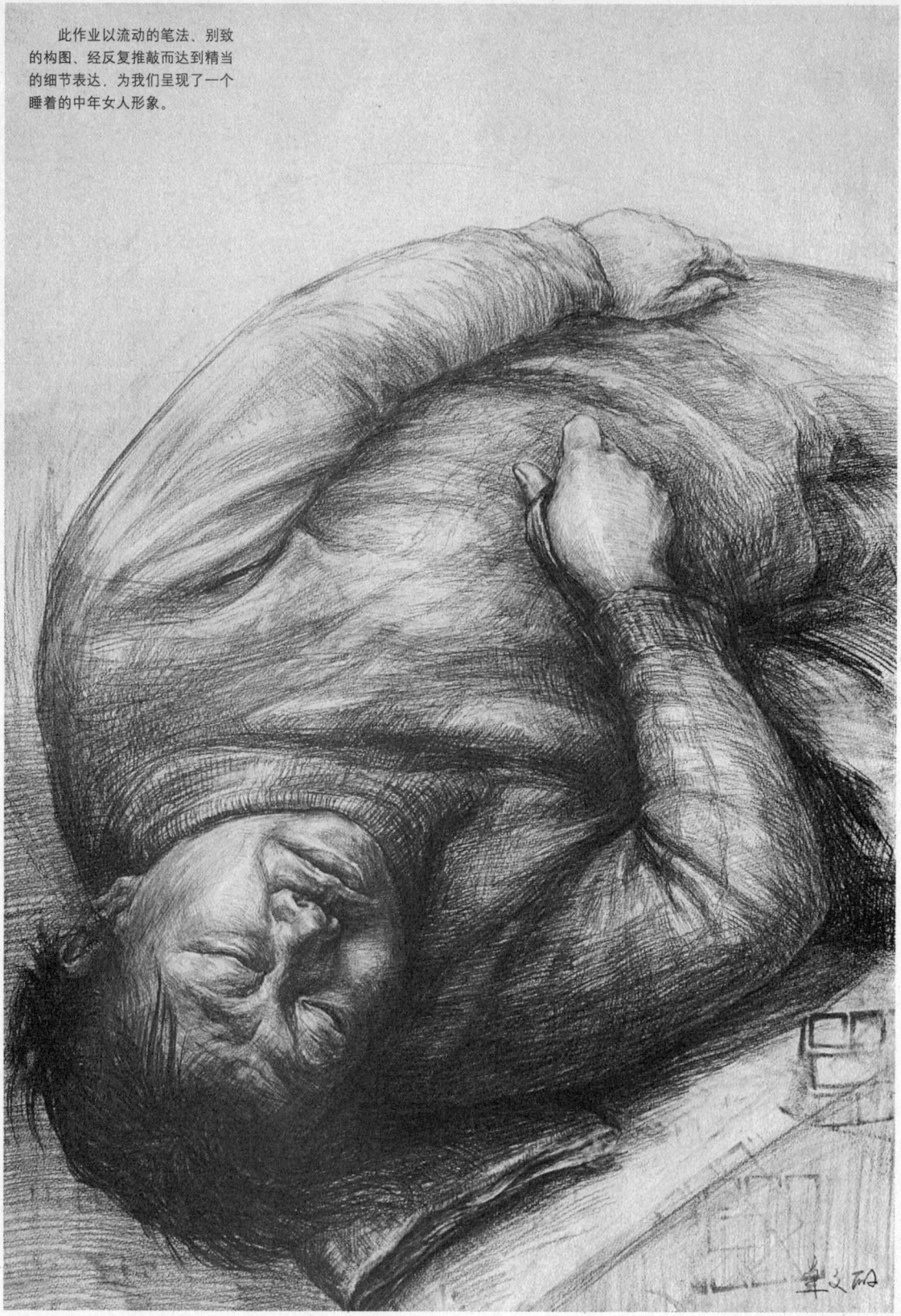

此作业以流动的笔法、别致的构图、经反复推敲而达到精当的细节表达，为我们呈现了一个睡着的中年女人形象。

模特儿的体积感厚实而笨拙，表情也似如此。此作业的构图和塑造方式正是围绕上述特征展开的，因此作业取得了较为强烈的造型感染力。缺憾的是，对近处手部透视关系的刻画不够充分，左肩到左手的体积表达稍显空泛，一定程度上削弱了对象造型的实在性和空间表达。

作者选取居中的构图方式，以较为细腻、中性的塑造笔触，比较恰当地表达出了对象的情态，也暗示了与对象的距离感。只是画面中左手与道具的动作关系没有画出来。

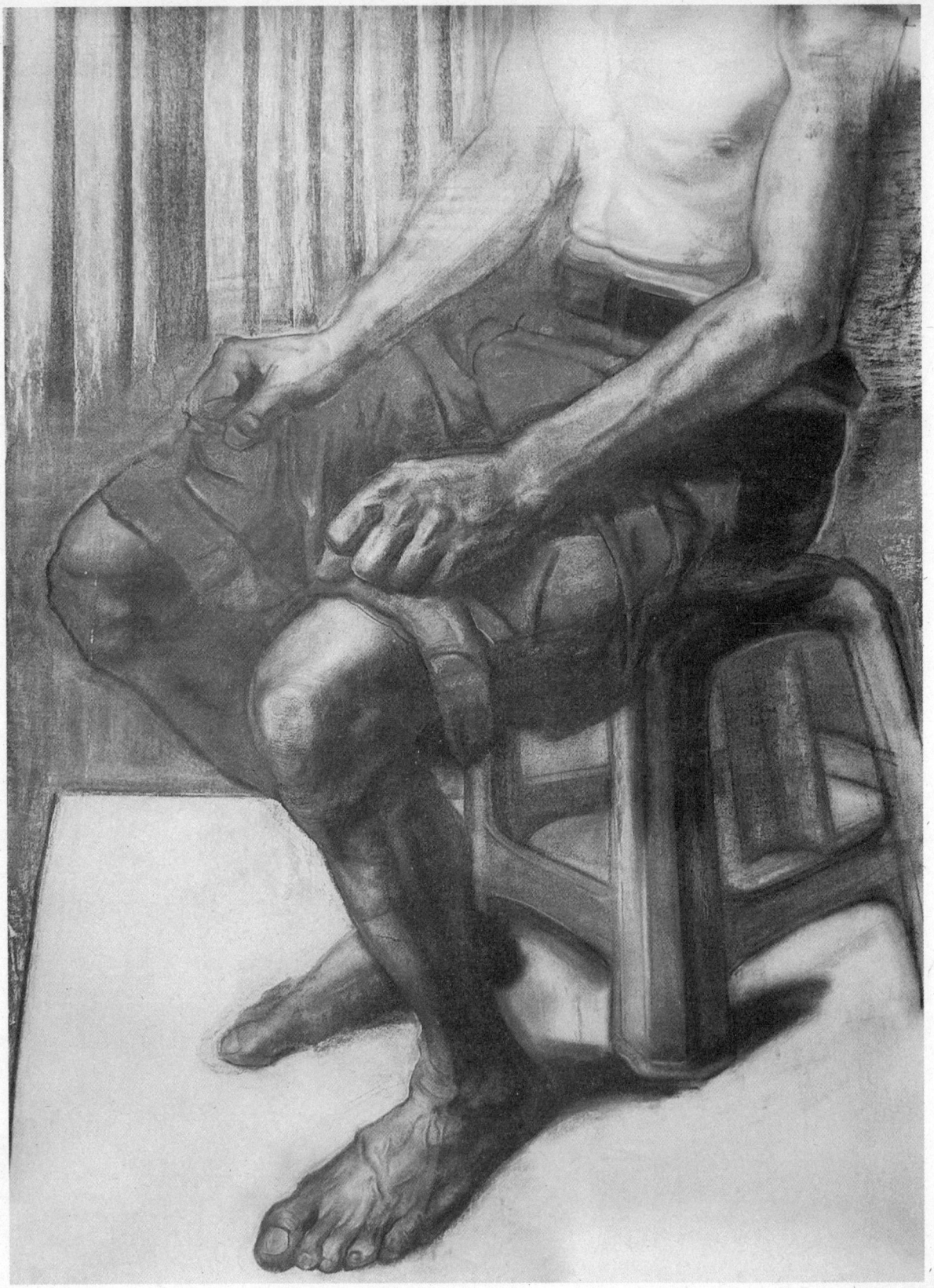

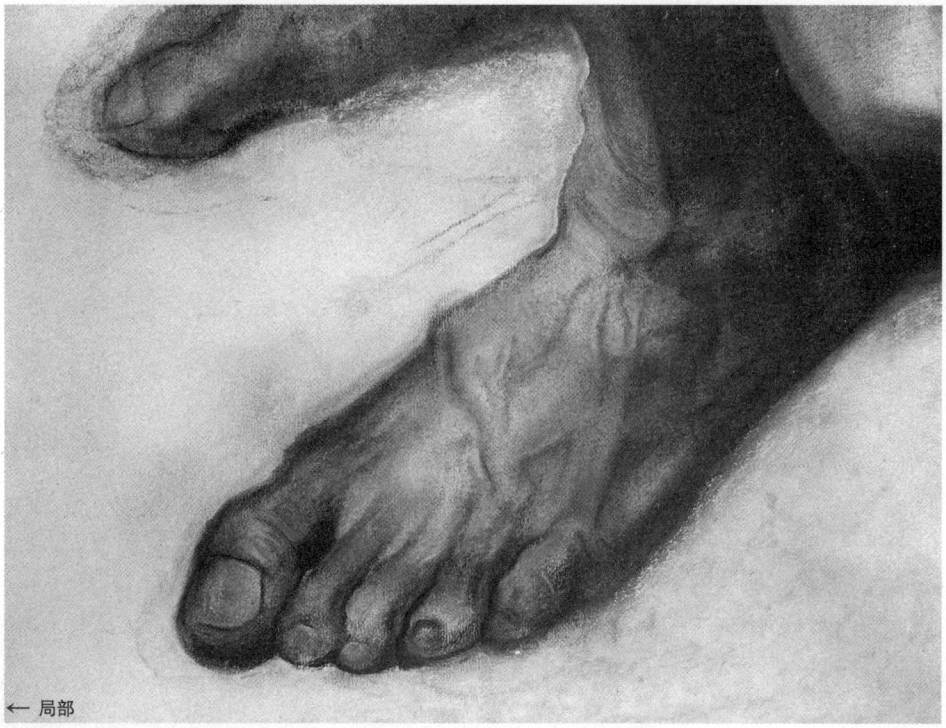

← 局部

↑

习作笔法平实、客观，造型贴切、生动。作者在描绘中发现了细节的趣味，并将其完美地呈现于接近平面化的整体造型中。

在这件作业中，硬朗、肯定的笔法特征与模特儿给人的物理特征结合得比较自然。当我们的视线由近及远地从腿部过渡到头部，就会发现习作在细节的推移方面做得比较有秩序感，这也强化了形象的空间特征。

→

简单的一个动作，简单的道具和人物，简单的置景，目的是在此类课题设计和训练中，能使大家观察继而体验到平淡中的不平常因素。作为大一学生，此作业在多个方面都做得比较好。

←

作者举重若轻地以写意的笔法解决了侧面像的体积和空间问题。从形象的连贯性、用笔的速度、肌理的叠加等方面可以看出，该作业画得很“顺手”，但不显得流气，难能可贵。

作者强烈的个性化处理方式，对轮廓线的高度主观运用，对色调在造型揭示和情绪性等方面的成功运用，都让我们看到了作者良好的造型素养。

典型化的动态和光线布局容易使画者迅速而投入地进入状态，尤其在低年级。此作业用笔朴实、粗粝，构图得当，头部和手部的刻画比较精到，对炭精条和色粉笔的运用增强了画面的古典气氛。

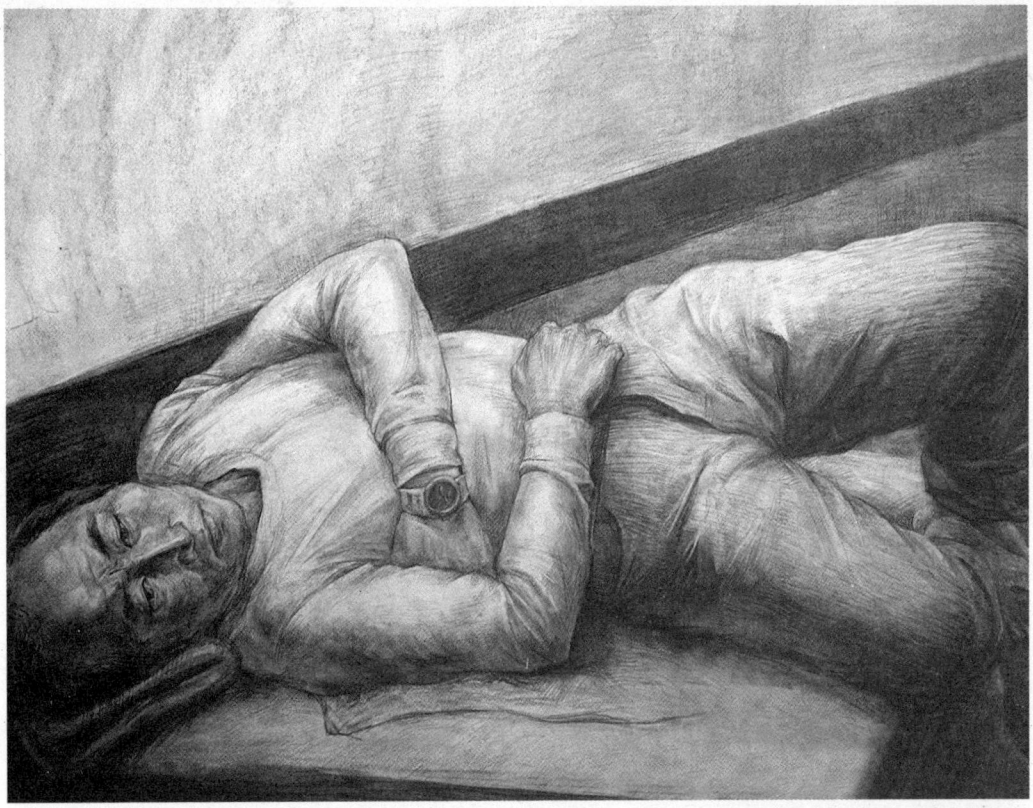

线面结合是素描尤其是长期素描的基本技法。此画作者写实基本功比较扎实，对模特儿的观察深刻、准确，较好地将形象的解剖因素转换成画面的结构，表达贴切。尤其值得称道的是，他采取了写意式再现的语言方式，而不是一味描摹细节，因此作品气氛也比较感人。

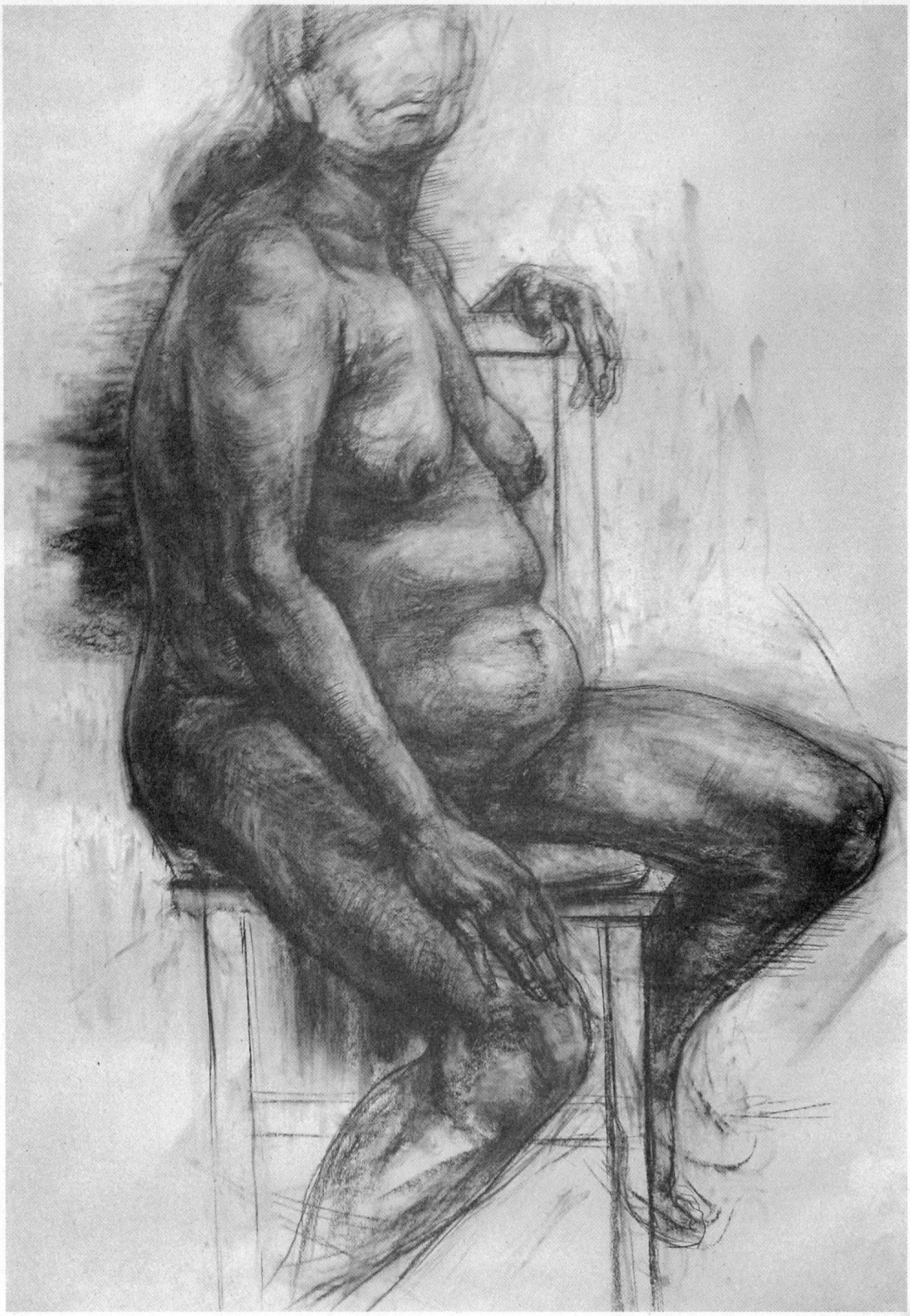

←

或许，素描当中所谓的“雕塑感”呈现的就是这样一种状态。整体体积感和造型特征重于细节的呈现或个人趣味，成为作业的第一印象。此作业因此不拘小节，放笔直涂，产生了较强的视觉效力。

作者省略了再现意义上的背景描绘，也没有使用繁复的色调，但较为准确地把握到了人物形象的动态特征，以及四肢与身体之间的造型关系。画面给人以清新明朗之感。

←

虽然模特儿的动态关系、造型节奏没有在此作业中得到最恰当的体现，但是作业整体的富有形式感的语言风格、对细节的概括和造型特征方面的体现还是可圈可点的。

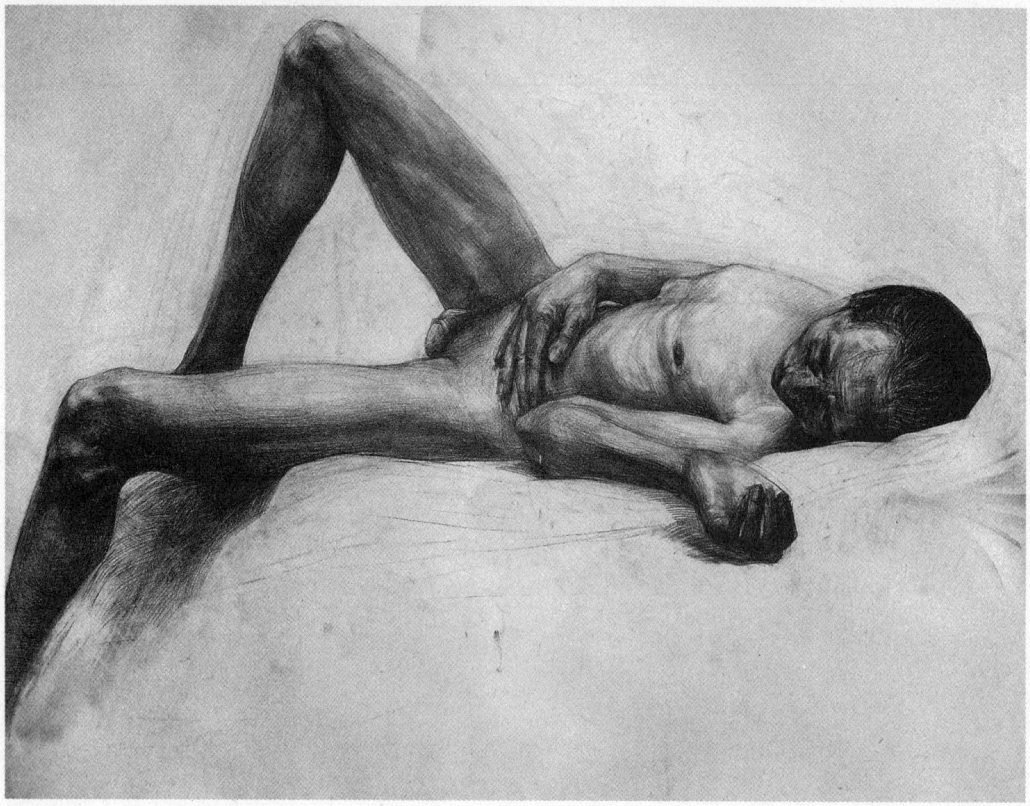

↑

老人的体态特征、面部表情以及沙发等道具都画得很生动，很有味道。作者是通过对画面中各种形象基本特征的观察和表现达到这一点的。

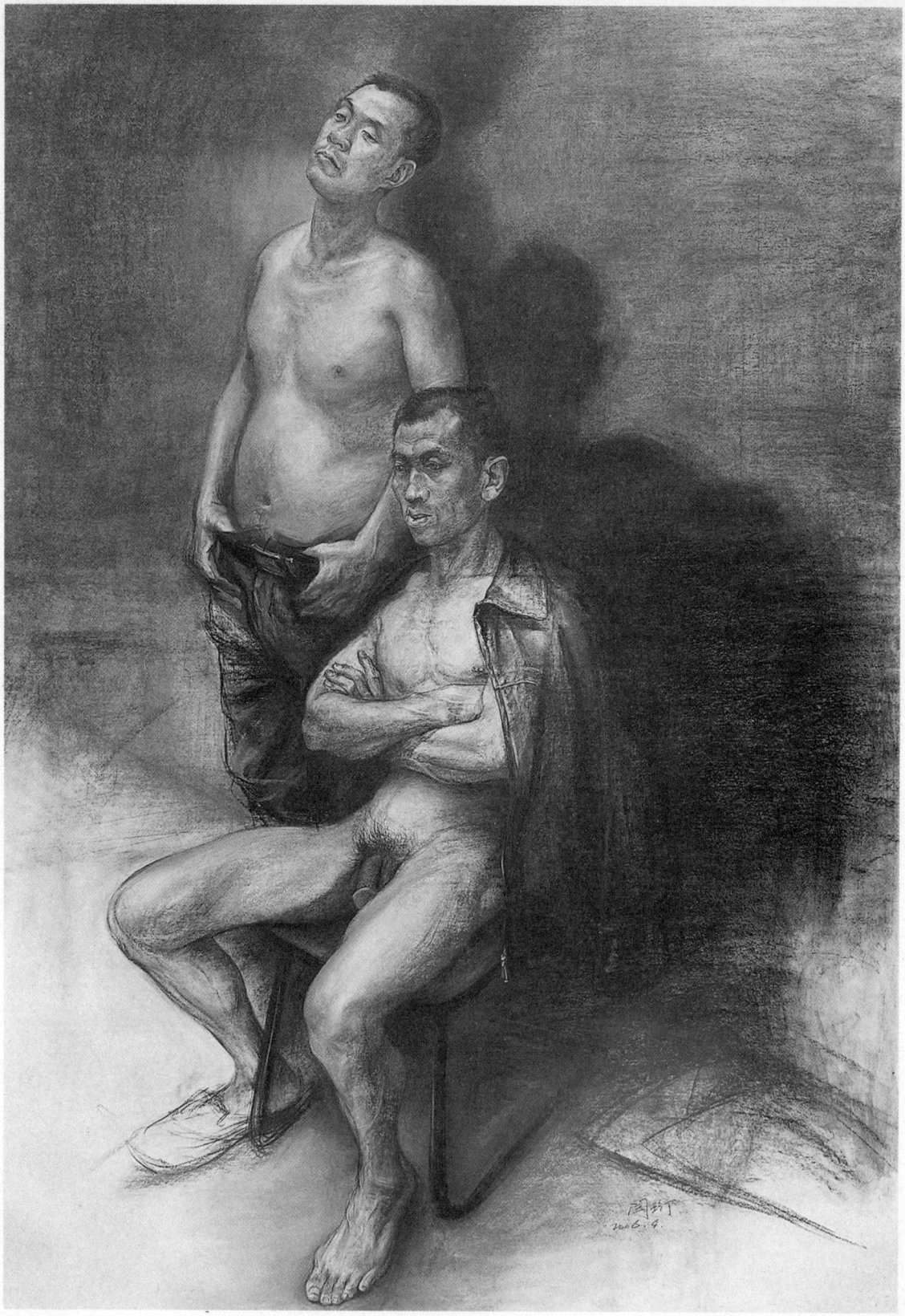

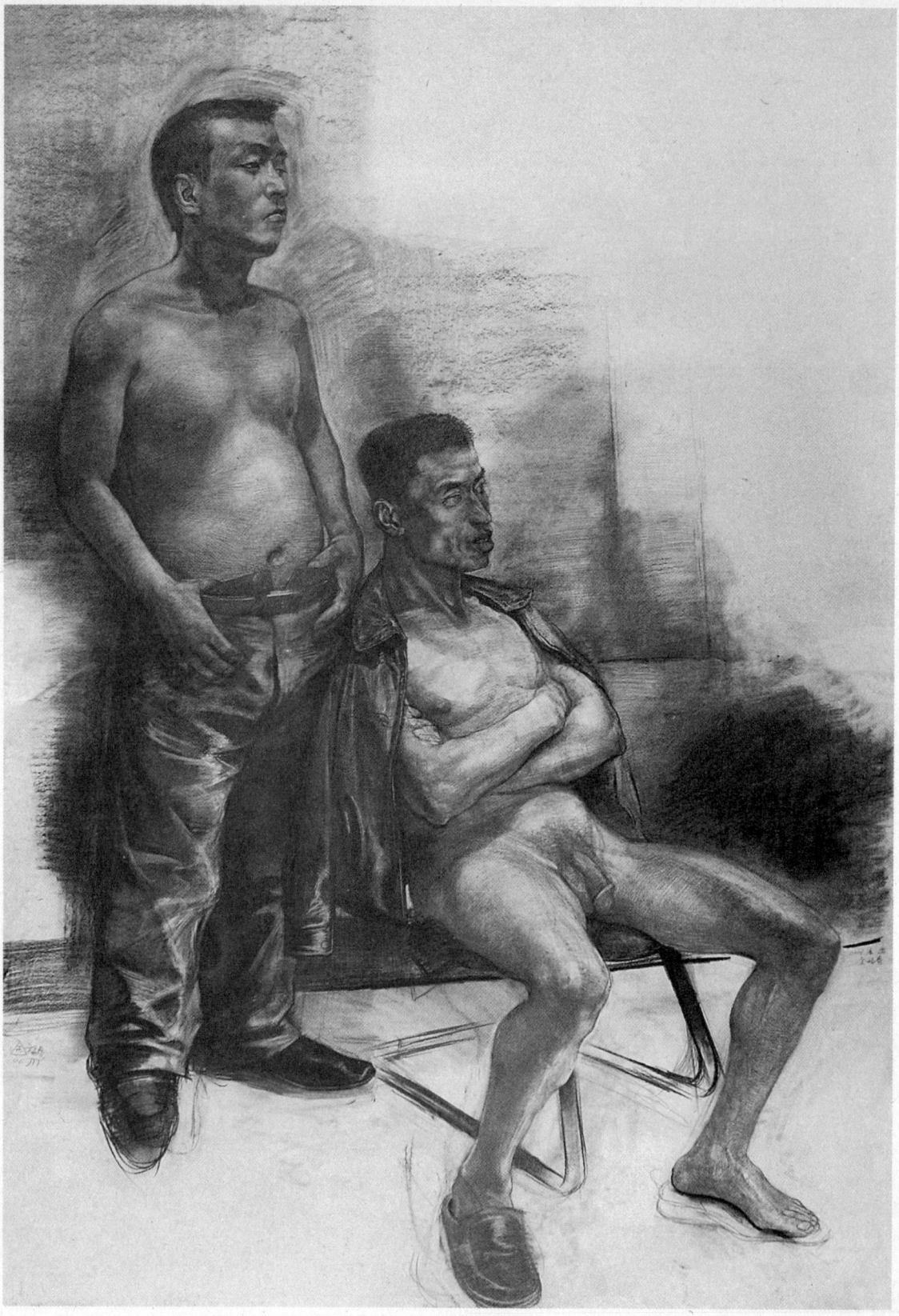

此作业是本科三年级下学期的学生习作。双人体尤其是站立的姿势，在素描教学中是一个复杂的、充满难度的课题。作者强烈的个性化造型语言，对轮廓线的高度主观化运用，对色调在造型揭示和情绪表达等方面的成功运用，都让我们看到了作者良好的造型基本功和艺术素养。

后 记
POSTSCRIPT

首先需要说明的是，本丛书的核心部分来自油画系的档案资料和一部分留系作业，并不是所有优秀作业。由于意在呈现油画系近年的素描概貌，笔者也编选了一些看起来不怎么“优秀”但有一己面貌的作品，因为对于“优秀”的判别很多时候是见仁见智的。《教师素描作品精读》部分选取了一部分油画系在职教师的素描作品。另外，因为学识、资料收集和成书时间的限制等原因，“遗珠”之处在所难免，希望以后有机会再充实。

油画系有重视素描基本功，尤其是写实基本能力的传统，尽管基本功与素描并不是一个概念，写实也只是素描传统面貌和重要分支之一。近年来，由于教与学的良性互动，更因为资讯共享时代视觉经验的积累和画面语言疆界的拓宽，油画系的素描水平整体上看还是呈上升趋势的。但那种深刻、严谨、深邃的，也就是说具有某种永恒意义和古典精神的作业却不是很多，“有趣”的倒不少。依笔者看来，前者仍需复兴，后者则需要将其纳入到一个当代文化的、“个人体系”的学术系统当中来，不是偶一为之，不仅仅是视觉猎奇，而最好能日渐建立起一套为“我”所用的造型观和艺术方法。这一方面说明我们的教与学还有待共同促进，另一方面也表明了，以往认为只有在素描中才能解决的，比如造型、认识观等问题，也可以并已经转移到其他方式的训练、表达和研究中，比如油画写生、材料课、图片转换，以及对现当代有影响的艺术家的个案研究等等。

尽管对于大多数人来说，素描只是一种传统而特殊的训练途径或语言方式，不是毕生事业，但素描仍然是重要的。前文说到，它不仅仅意味着要画出一张张作业，重要的是通过这种朴素、直接的观察与描绘，培养并最终找到一种发现对象的能力和手段。在深度继承学院素描传统的前提下，以当代人的视角和体验深化并拓宽基本功的内涵，的确是一个大问题。

我们期待这套丛书能对油画系素描的总结和研究起到一种参照作用，同时希望读者能够从中受益。衷心感谢吉林美术出版社李功一副总编、朱循先生和王嵘先生，以及他们的劳作和富有创见的建议。感谢所有提供资料和帮助的老师、同学。

于艾君

2008 年 7 月

P11–P77 作品信息

P11 刘君成
P12 于艾君
P13 谷晓燕（上左）
P13 陈 森（上右）
P13 李铭华（下左）
P13 李艺嘉（下右）
P14 许 博
P15 李 岩
P16 于艾君
P17 冷新启
P18 闫 珩（上）
P18 戴靖宇（下左）
P18 金福泰（下右）
P19 刘 超
P20 谢一帆（上左）
P20 马胤鑫（上右）
P20 戴靖宇（下左）
P20 金福泰（下右）
P21 李鹏鹏
P22 戴靖宇
P23 赵连姝
P24 曲木子
P25 宋 影
P26 李艺嘉
P27 王 硕
P28 闫 珩
P29 李铭华
P30 刘书薪
P31 崔志彬
P32 白一兵（上）
P32 闫 珩（下）
P33 崔志彬
P34 赵燕妮
P35 孟宪粽
P36 单文丽
P37 刘书薪
P38 金福泰
P39 韩大为
P40 刘 超
P41 刘晓婷（上）
P41 李逸群（下）
P42 黄 亮
P43 冷新启（上）
P43 黄 亮（下）
P44 刘 超
P45 刘 超
P46 李 岩
P47 刘 超
P48 金福泰
P49 梁昊鹏
P50 孟宪粽
P51 李春林
P52 李逸群
P53 李鹏鹏
P54 谷晓燕（上）
P54 彭 涛（下）
P55 白一兵
P56 刘 超
P57 韩丽娟
P58 王 雪
P59 刘书薪（上）
P59 赵连姝（下）
P60 韩丽娟
P61 李鹏鹏
P62 何晓娜
P63 李鹏鹏
P64 何晓娜
P65 段茂林
P66 于 晶
P67 李鹏鹏
P68 王 硕
P69 李 威
P70 黄 亮（上）
P70 王 勤（下）
P71 黄 亮
P72 李春林
P73 曹芳菲（上）
P73 冷新启（下左）
P73 冷新启（下右）
P74 闫 珩
P75 黄 亮
P76 金福泰
P77 李鹏鹏

图书在版编目（CIP）数据

从找形到造型／于艾君主编.—长春：吉林美术出版社，2009.1
（鲁迅美术学院素描·现象）
ISBN 978-7-5386-3046-6

Ⅰ.从… Ⅱ.于… Ⅲ.素描-技法（美术）-高等学校-教材 Ⅳ.J214

中国版本图书馆CIP数据核字（2008）第204342号

鲁迅美术学院　素描·现象 Ⅰ
从找形到造型

出 版 人：石志刚
策　　划：李功一　于艾君
主　　编：刘仁杰
编　　著：于艾君
责任编辑：朱　循
技术编辑：赵岫山　郭秋来
特邀编辑：王　嵘
装帧设计：王　嵘
责任校对：孙　丽
出版发行：吉林美术出版社
地　　址：长春市人民大街4646号（www.jlmspress.com）
制　　版：沈阳大禹奥博电脑设计制作有限公司
印　　刷：辽宁美术印刷厂
开　　本：889×1194毫米　1/16
印　　张：5/册
版　　次：2009年1月第1版　2009年1月第1次印刷
印　　数：0001-3000册
书　　号：ISBN 978-7-5386-3046-6
定　　价：149.00元／套（全五册）